ISBN 3-87181-014-2

Zeichnungen: Andreas Beilharz, Stuttgart
Gestaltung und Satz:
WAGER ! Kommunikation, Altenriet
Gesamtherstellung:
Karl Weinbrenner & Söhne GmbH & Co.,
Leinfelden-Echterdingen

Bestellnummer: 014

Schwäbische Pfarrerwitz'

Gehört, gesammelt
und weitererzählt
von
Wulf Wager

DRW

Inhalt

Vorwort

„Lacha ibr d'Geischtlichkeit, ja duat ma denn des?“ wird sich der evangelisch-pietistisch geprägte Alt-Württemberger fragen, während sich diese Frage für einen katholischen Neu-Württemberger eigentlich gar nicht stellt. Denn die „Haierle“ (von etwas Höheres sein) und „Schwarzkittel“ waren den einfachen Leuten ob ihrer vom Zölibat geprägten Lebensform immer schon suspekt. Wasser predigen und Wein trinken – damit konnten sie die gläubigen Schwaben nicht überzeugen.

Der Witz, die Satire und das Lachen über „em Herrgott sei himmlischs Bodapersonal“ erleichterte es den Menschen, die Kontrolle des täglichen Lebens durch den Klerus leichter zu ertragen. Des Herrgott's Dienstpersonal sind halt auch nur Menschen, und dazu noch mit allen Fehlern behaftet, die ein Mensch halt hat.

Eine Konfessionsgrenze trennt also noch heute die Württemberger in katholische – ond aus deren Sicht „wiaschtgläubige", also protestantische Schwaben. Beide haben zwar den gleichen Herrgott, aber ihr Verhältnis zu ihm und vor allem zu seiner irdischen Belegschaft ist doch – zumindest was das Lachen und den Spott angeht – ein deutlich differenziertes.

Während der Katholik herzhaft spötteln kann, sitzt dem pietistisch geprägten Altwürttemberger das Lachen manchmal im Halse fest und löst sich erst mit dem Genuss von mehreren Viertele guten Trollingers.

Sei's drum: Dr Herrgott mag luschtige Leit, des stoht scho en dr Bibel: Psalm 2, 4: „Doch er, der im Himmel trohnt, lacht, der Herr verspottet sie."

Die Witze, die ich für dieses Büchle gesammelt habe, sind alle keinesfalls blasphemisch. Ich möchte mit diesem Buch auch keinesfall religiöse Gefühle verletzen. Wer sich trotzdem betroffen fühlt, soll es halt auf die Seite legen. Allen anderen wünsche ich viel Spaß mit „läschterlich Geischtlichem"!

Wulf Wager
April 2004

Adler

Missverständnis ond Missverhältnis

Der Mitvierziger Christoph hält seinen Stammtischplatz im „Roten Ochsen" für den schönsten Platz der Welt. Schon oft hat er dort herzhaft dem Teufel Alkohol zugesprochen. Als er sich nach einem ausgiebigen Zechabend auf den Heimweg macht und gerade die Stäffele am Ochsen hinunter stolpert, begegnet ihm der Pfarrer. Ermahnend spricht ihn dieser an: „Chrischdoff, Du bisch auf dem falscha Weg!".
„Do hend Se aber wirklich recht, Hochwürden!", dreht sich Christoph um, geht die Treppe wieder hinauf und auf direktem Weg zurück zu seinem Stammplatz im „Roten Ochsen".

❖

Am Aschermittwoch geht der Albrecht in Rottenburg zur Messe und beichtet anschließend seine sündigen Fasnetserlebnisse. Vor der Lossprechung gibt ihm der Pfarrer als Buße drei Lita-

neien auf. Zwei Stunden später sieht der Pfarrer den Albrecht, wie er sturzbetrunken den Adler verlässt. „Sag amol, schäm'sch di gar net, dass de de glei noch dr Beicht so zuasaufsch?"
„Wieso denn", empört sich der Albrecht, „Sia hend mir doch als Buße drei Liter Neia aufgeba!"

❖

Der Papst hat einen schwäbischen Kammerdiener, der ihn jeden Morgen um 6. 30 Uhr mit den Worten „Guten Morgen, Eure Heiligkeit. Es ist halb sieben und die Sonne scheint über Rom!" weckt.
Jedes Mal antwortet der Papst: „Danke, mein Sohn, der Herrgott und ich wissen es schon!".
Diese regelmäßige Antwort ärgert den Schwaben. Eines Morgens will er den Papst reinlegen und weckt ihn erst eine Stunde später mit den

gewohnten Worten: „Guten Morgen, Eure Heiligkeit. Es ist halb sieben und die Sonne scheint über Rom!" Auch der Heilige Vater antwortet wie gewohnt: „Danke, mein Sohn, der Herrgott und ich wissen es schon!".
Voller Überheblichkeit ruft er dem Papst zu: „Garnix wissat'r! Es isch scho halb achte ond's saicht wie d' Sau!"

❖

Bei der Fronleichnamsprozession im Schwarzwald steht der norddeutsche Gast bewundern am Straßenrand und fragt einen einheimischen jungen Mann: „Sagen Sie mal, sind das alles Jungfrauen?".
Darauf antwortet der junge Bursche: „Heit scho no!"

❖

Bei der Beichte: „Hochwürden, i ben eitel. Ich guck äll Stond in da Spiegel ond fend mi echt schee!“
Darauf der Geistliche: „Mach Dir nix drauß, meine Tochter. Des isch koi Sünde, des isch bloß en Irrtum!“

❖

Nachdem Gott die Welt erschaffen hatte, legte er einen Ruhetag ein. Dann sah er hinunter in den Schwarzwald und sah einen Schwarzwälder. Weil ihm sein Werk so gut gelungen war und er deshalb in guter Stimmung war, fragte er den Schwarzwälder, ob er einen Wunsch habe.
„Jo, des hätt i scho“, antwortete der Schwarzwälder, „i möcht gern a paar schöne Berg, ein paar schöne Seen, große dunkle Wälder, enge Täler und saftige Wiesen an den Hängen“. Der Herr-

gott erfüllte dem Schwarzwälder seinen Wunsch. Eine Woche später fragte er den Schwarzwälder erneut, ob er einen Wunsch habe. „Jo, i hätt gern a paar schöne Küah, die guat Milch geben". Auch diesen Wunsch erfüllte ihm der Herrgott. Eine Woche später fragte der Herrgott beim Schwarzwälder nach, ob denn alles nach seiner Zufriedenheit sei. Der Schwarzwälder bedankte sich beim Herrgott und bot ihm ein Glas frische Kuhmilch an. Der Herrgott nahm das Glas an, trank es und fragte den Schwarzwälder: „Und was hast Du jetzt noch für einen Wunsch?"
Darauf der Schwarzwälder: „Ein Euro und fünfzig Cent für das Glas Milch!"

❖

Immer wieder trinkt der Peter einen zuviel. Obwohl er seiner Frau versprochen hat, weniger zu saufen, geht er regelmäßig in den Adler, um einen zu heben. Weit nach Mitternacht kommt er sternhagelvoll nachhause, trommelt seine Frau aus dem Bett, die ihm verschlafen die Tür öffnet und seufzt: „Aue, mit Dir hau i a reachts Kreuz!“

„On ... ond i... i hau a Fahn’“, lallt ihr Mann fröhlich, „gang doher, no machat mr a Prozessio’!“

❖

Spät nach Mitternacht klingelt das Telefon beim Pfarrer. Schlaftrunken nimmt er den Hörer ab.

„Hallo“, lallt einer am anderen Ende der Leitung, „isch do ... dr Wirt ... vom Goldena Knopf!“ ... Mir ... brauchat ... no zwoi ... Käschta Bier!“

„Noi, do isch net dr Wirt vom Goldena Knopf, sondern dr Pfarrer von St. Anna!“

„Ha ... des isch jo ... dr Hammer!“, entrüstet sich der Anrufer, „was hot’n dr Pfarrer ... om dia Zeit ... no ema ... Wirtshaus ... zom suacha?“

Für richtige Fasnachtsnarren gehört es sich, am Aschermittwoch in die Kirche zu gehen und sich das Aschenkreuz auflegen zu lassen. Die kleine Martina begleitet ihre Eltern. Zuhause fragt sie: „Du Mamma, stimmt des, dass alle Menscha amol zu Staub werdat, wenn se g'storba send?"
Die Mutter antwortet: „Ja, Schatz, des stemmt."
Darauf die Kleine: „No müssat aber ondr Euerm Bett scho viele g'storba sei!"

❖

„So", sagt der Pfarrer und drückt dem stadtbekannten Berber einen Euro in die Hand, „do hend se an Euro, aber kaufet se mir bloß koin Schnaps drvo!"
„Ihne? Bestimmt net, Herr Pfarrer."

❖

Der kleine Fabian geht mit seiner Großmutter das erste Mal in die Kirche. Sie zeigt im alles. Anschließend kniet sie sich in einer Bank nieder, um zu beten. Wie gebannt starrt der kleine Junge auf das glühende, leuchtende Rot des ewigen Lichtes. Doch die Andacht der Großmutter dauert ihm zu lange und er stupft sie in die Seite: „Oma, sag amol, wann schaltet denn die Ampel do endlich auf grün?“

❖

Am Stammtisch unterhalten sich der Bürgermeister und der Pfarrer über geistliche Dinge. Der aufgeklärte schwäbische Schultes lehnt die Existenz des Übernatürlichen ab.
„Sie glaubat also an garnix?“ fragt ihn der Pfarrer.
„I glaub bloß an des, wass i mit meim Verstand

begreifa ka!“ antwortet der Schultes.
Der Pfarrer zuckt mit den Achseln und brummelt: „Des kommt jo letzschtendlich auf's Gleiche raus!“
„Wenn i Gott net seha ka, no leugne i au sei Exischtenz“, ergänzt der atheistische Bürgermeister.
„Guat“, entgegnet der Pfarrer, „no leugne i aus em gleicha Grond ihren Verstand!“

❖

Aufgeregt springt ein Schwabe vor der Grotte von Lourdes umher und ruft, wild mit den Armen fuchtelnd: „Jetzt kann i laufa, jetzt kann i laufa...“
Ein anderer Schwabe, der sich gerade auf dem Weg Richtung Grotte befindet, hört dies: „Isch a Wonder gschäha?“
„Noi, mir hend se mei Fahrrädle g'stohla!“

Am deutsch-französischen Grenzübergang wird ein pfiffiger Waiblinger kontrolliert. Auf die Frage des Zöllners, ob er etwas aus Frankreich mitgebracht habe, was zu verzollen sei, antwortet der gelassen: „I han bloß 30 Flasche Lourdes-Wasser drbei!“ Der Zöllner will sich aber selbst davon überzeugen, lässt sich eine dieser Flaschen geben, öffnet sie, riecht daran und nimmt schließlich einen großen Schluck aus der Flasche und ruft dann empört: „Das ist Schnaps!“. Der Waiblinger faltet die Hände, lässt sich auf seine Knie sinken und ruft: „Gott der Gerechte, a Wunder isch g'scheha!“

Em Hemml ond auf Erda

Gott isch ibrall – bloß net en Rom. Dort hot er jo an Stellvertreter!

❖

„In Rom hend se scho wieder a neie Enzyklika rausgeba!“, berichtet der Heilige Petrus dem Herrn.
„Mei lieber Himmelswächter Petrus, die muasch mr schnell bsorga, damit i woiß, was i zu glauba han!“, weist ihn der Herrgott an.

❖

Im Himmel sind Wahlen. Natürlich wählen alle die himmlische Einheitspartei. Doch eine Stimme wird bei der Auszählung entdeckt, die für die Sozis abgegeben wurde. Man überlegt lange, wer dies wohl gewesen war. Schon bald kommt man auf den Heiligen Josef, den

Schutzpatron der Werktätigen. Man stellt ihn zur Rede. „Nadierlich war i des!", bestätigt der Heilige Josef. „Ond wenn ihr koi Opposition zulassat, no nemm i mei Frau ond mein Sohn ond gang, no kennat'r euern Lada zuamacha!"

❖

Dr Adam isch jo em Leba koi Schwob gwäa. Der hätt nämlich den Apfel net gfressa, sondern vermoschtet.

❖

„Woisch Du eigentlich, dass dr Herr Jesus a Student gwesa isch", provoziert der Jakob den reformierten Pfarrer beim Stammtisch. „Ja wieso denn des?" will der Pfarrer wissen. „Ha des isch doch ganz oifach: er hat lange

Hoor g'het, hot bis dreiß'ge bei seira Muadr g'wohnt, ond wenn'r ebbes gschafft hot, no war's a Wonder!"

❖

Bei der Beichte erklärt Karl-Heinz aus Rottweil seinem Pfarrer: „I han oft gflucht, drfier aber au oft bettet – des gleicht sich doch aus. I ben a paar Mol nebanaußganga, han aber meira Frau au viele Gschenke gmacht – des gleicht sich doch aus! I han öfter amo gloga, ben aber fleißig en d'Mess ganga – des gleicht sich doch aus?"
„Ja, ja", sagt daraufhin der Geistliche, „Ihre Rechnung geht auf: Gott hat sie erschaffen, und der Teufel wird Sie holen – das gleicht sich auch aus."

❖

Der Himmel plant den alljährlichen Betriebsausflug. Man beratschlagt, welche Reiseziele in Betracht kommen. Einer macht den Vorschlag Bethehem. Daraufhin meldet sich die Mutter Gottes: „Noi, des isch nix. Do sind die Quartiere meischtens überbucht und die Wirt sind net arg gaschtfreundlich. Des kommt net en Frog." Dann wirft einer Jerusalem in die Runde. Empört meldet sich Jesus zu Wort und sagt: „Noi, des isch absolut garnix. Do send Mensche arg ofreudlich und die Juschtiz ist willkürlich. Mir isch do schomol schlecht erganga. Des kommt net en Frog!" Als weiterer Vorschlag wird Rom in die versammelte Himmelsrunde geworfen. Der Heilige Geist greift den Vorschlag sofort auf und sagt: „Ha des ischt amol a guade Idee. Do gang mr no. Do war i au no nia!"

Alljährlich findet im Himmel eine Treibjagd statt. Petrus ruft die ganze Belegschaft zusammen und erklärt die Verhaltensregeln: „Also, ihr derfet auf alles schiaßa, bloß auf die weiße Taub net. Auf gar koin Fall, derf die weiße Taub' gschossa werda. Hend ihr des verstanda?" Die Belegschaft des Himmels nickt einträchtig mit dem Kopf.
Als am Abend die Ausbeute begutachtet wird, liegt halt doch die weiße Taube tot auf der Strecke. Der Heilige Petrus, der sonst eher ruhig und beschaulich in den Tag hinein lebt, rastet völlig aus und brüllt: „Wer war des, wer hot des Täuble erschossa?"
Lange Zeit ist keine Reaktion zu vernehmen. Doch plötzlich hebt der Heilige Josef die Hand: „I war des. Auf den Moment han i zwoitausend Johr gwartet!".

Jesus und der Heilige Geist spielen Golf. Jesus schlägt ab – der Ball bleibt 5 cm vor dem Loch liegen. Da kommt eine Maus aus dem Loch gekrochen und frisst den Ball. Plötzlich kommt eine Schlange und verschlingt die Maus. Da stürzt ein Adler vom Himmel herab und greift sich die Schlange. Plötzlich ein Gewitter, ein Blitz zuckt herab und trifft den Adler. Der Adler stürzt zu Boden – genau in das Golf-Loch. Sagt der Heilige Geist zu Jesus: „Also was jetzt – schpielat mr jetzt Golf oder demr romkäschparla...?“

Sündiga ond büaßa

Ein Mädchen, das über die Fasnet einen recht tadelhaften Lebenswandel führte, geht am Beginn der Fastenzeit zum Beichten. Nachdem Sie ihrem Beichtvater das ganze Sündenregister ihrer Fehltritte offenbart hat, sagt dieser zu ihr: „Woisch Du eigentlich, was Du mit dene viele Sünda verdiena dätescht?“
„O’gfähr“, antwortet das Mädchen, „aber wisst se Hochwürden, mir isch et om’s Geld!“

❖

In Ellwangen ist ein neuer Kaplan dabei, die Beichte abzunehmen. Dabei bekennt ein Bauer, dass er ein kapitales Reh gewildert hat. Auf solche Sünden ist der Kaplan natürlich nicht eingestellt und er bittet deshalb den Sünder, einen Augenblick zu warten. Schnell begibt er sich zum Pfarrer, der im anderen Beichtstuhl sitzt.

„Do isch oinr, der hot a Reh gwildert. Was soll i dem gebba?"
Der Pfarrer gibt einen Ratschlag: „Auf koin Fall meh wia drei Euro für's Kilo!"

❖

„Liabs Mädle", sagt der Beichtvater zu dem Mädchen, das sein reges Liebesleben in allen Details erzählt hat, „wende Dich vertrauensvoll an d'Muttergottes, die empfanga hot, ohne dass se xündigt hot!"
„Scho recht", sagt daraufhin das Mädchen, „mir wär's aber viel wichtiger zom wissa, wia mir sündigt ohne zu empfanga!"

❖

Ein grober Bauer geht zu einem sehr konservativen Geistlichen zur Beichte. „Herr Pfarrer,

mei Weib hot so a grobwüaschte Gosch. Geschtern hot se amol wieder gmoint, se miaßt mi donderschlächtig verseggla. No han e ra da Ranza amol richtig verschla'!"
Hier unterbricht ihn der Geistliche: „Sünda will i höra, koine guade Werk'!"

❖

Im tiefsten Oberschwaben ist es so schwarz, dass man sogar am Tag das Licht anzünden muss. Ein junges Bauernmädchen aus dieser Gegend kommt nach Stuttgart in Stellung. Als sie nach Wochen nachhause kommt, erzählt sie ihrer Mutter, dass sie einen jungen Mann kennen gelernt habe. „Ja wia hoißt'r denn?", will die Mutter neugierig wissen.
„Des isch dr Michael", sagt das Mädchen.
„Ja ond was isch'r von Beruf?" bohrt die Mutter weiter.

„Des woiß i net so richtig. Entweder er isch Schäfer oder Theologe“, erzählt das Bauernmädchen.

„Schäfer oder Theologe – was soll en des hoißa?“ wundert sich die Mutter.

„Woisch Mamma, wo er mi s letzschte Mol hoimbrocht hot, hot er gsait: Heit kommsch nomol o'gschora drvo, abr s näggschd Mol muasch dra glauba!“

❖

„Herr Pfarr', i be fremdganga.“

„Wie oft, mein Sohn?“

„Herr Pfarr' i will beichta, net a'geba!“

❖

Pietät ond Pietischta

Dem Gruoler-Jockel ist seine Schwiegermutter gestorben. Er macht sich auf den Weg zum Schreiner, um einen Sarg zu besorgen. Der bringt zuerst das Schmuckstück, das rund 3.000 Euro kosten soll. Entsetzt wehrt der Jockel ab, weil er soviel auf keinen Fall für seine ungeliebte Schwiegermutter ausgeben will. Der Schreiner zeigt ihm daraufhin billigere Ausführungen, aber der Jockel will es noch billiger haben. Als sie bei 100 Euro angelangt sind und der Jockel immer noch nicht zufrieden ist, wird der Schreiner langsam sauer: „Woisch wa, jetzt brengsch Dai Schwiegermuadr drher, no schraub i ehra für 20 Euro a paar Griff na!"

❖

Der Mesner traut seinen Augen nicht. Frau Kächele kniet andächtig in der Bank. Vor sich hat sie auf dem Gesangbuch ein künstliches Gebiss liegen.

„Des stört sie wohl beim Beta?" fragt der Mesner interessiert.

„Awa, des isch's Gebiss von meim Hannes. Der frisst mir sonscht bis i hoim komm da ganza Sonndichsbrota weg!"

❖

„Sag amol Karoline, warom hosch'n Du Dein Jakob obendegt eiäsch'ra lassa?", will die interessierte Nachbarin wissa.

„Woisch, Elfriede", antwortet die Witwe, „mei Jakob war seiner Lebtag a faule Sau ond hot mi älles alloi schaffa lassa. Jetzt kommt'r en d' Oieruhr, ond do jag'en jeden Tag sooft dure, wia mir's passt!!"

❖

Frau Scheiffele holt die Tochter ihrer Cousine zweiten Grades nach dem Tod ihrer Mutter in ihren Haushalt. Beim ersten gemeinsamen Mittagessen bemerkt sie beiläufig: „Damit Du's glei woisch, mir send strenge Vegetarier. Ond i hoff, dass mir die mit dr Zeit au für die Überzeugung gwinna kennat."
„Auf gar koin Fall", entsetzt sich das Mädchen, „i ben ond bleib evangelisch!"

❖

Um das Mittagessen für die große Familie vorzubereiten, bleibt Frau Müller vom sonntäglichen Gottesdienst zuhause. Als ihr Mann nach dem Frühschoppen nachhause kommt, möchte sie natürlich wissen, was in der Kirche so los war.
„Wer hot denn d'Kirch ghalta?"
„Der Dekan Kimmerle"

„Ond, hot r guat predigt?"
„Jo!"
„Ja ibr was hot'r no predigt?"
„Ibr d' Sünd!"
„Ja ond was hot'r drzua gsait?"
„Er sei et drfir!"

❖

Im Religionsunterricht prüft der Lehrer die Kinder: „Was sind die sichtbaren Sakramente beim Abendmahl?" „Brot und Wein", antwortet eines der Kinder.
„Und was sind die sichtbaren Zeichen bei der Taufe?", fragt der Lehrer weiter.
Die kleine Michaela platzt raus: „Kaffee ond Kuacha!"

❖

„Glaubat Sie, dass i mei Seelaheil retta könnt, wenn i Ihrer Gemeinde 50.000 Euro vermacha dät?“, will der Inhaber eines großen Kaufhauses vom Stadtpfarrer wissen.
Dieser antwortet: „Genau woiß i des net, aber an Ihrer Stell’ dät i’s drauf a’komma lassa!“

❖

Zwei evangelische Pfarrer unterhalten sich beim Kirchentag.
„Wie haltet Sie’s mit em stilla Gebet?“
„Also, i zeehl bis etwa vierzich“
„Jo, so halt i’s au. Aber stellat se sich amol vor, dr Kollege vo Bempflinga, der zählt bis hondert!“
„Ha also des halt i aber für Frömmelei!“

❖

Adam und Eva, die beiden einzigsten Menschen im schwäbischen Paradies, gehen spazieren.
Eva: „Adam, lieabsch Du mi?"
Adam missmutig: „Wen denn sonscht?"

❖

Beim Stammtisch. Georg und Hermann unterhalten sich. Hermann schwärmt: „I han echt Glück. Mei Frau isch en richtiger Engel!"
Georg antwortet: „Do hosch wirklich Glück, meine leabt no!"

❖

Katholische ond Wiaschtgläubige

Im Garten überrascht der katholische Pfarrer einen Buben dabei, wie er ein paar Kirschen aus dem Pfarrgarten stiehlt. Zornig ermahnt Hochwürden den Knaben: „Weißt Du auch, dass Du diese Sünde am Sonntag in der Kirche beichten musst?"
„Noa, des muaß i itta!", antwortet der Lausbub.
„Ond wieso nicht?", will der Pfarrer wissen.
„Weil i nämlich lutherisch bin...!"

❖

Zwei Kinder im Vorschulalter spielen nackt im Sandkasten, während ihre Mütter einen gemütlichen Kaffeeschwatz halten.
„Sag amol", will das Mädle wissen und betrachtet den nackten Buben ganz genau, „bisch Du eigentlich katholisch oder evangelisch?"

„I ben evangelisch", antwortet der Bub selbstbewusst.
„Ond i ben katholisch", quäkt das kleine Mädchen, „aber i hätt et denkt, dass dr Ondrschied so groß isch!"

❖

Ein evangelischer Pfarrer, ein katholischer Geistlicher und ein jüdischer Rabbiner diskutieren angeregt die Frage, wann denn das Leben beginnt. Der katholische Geistliche vertritt die Position, dass das Leben just mit dem Akt der Zeugung beginnt. Der evangelische sagt: „Noi, noi, des Läba beginnt nadierlich mit der Geburt."
„Da sind Sie auf dem Holzweg, meine lieben Brüder", wirft der Rabbi dazwischen, „das Leben beginnt, wenn die Kinder aus dem Haus sind und der Hund gestorben ist!"

Beim Stammtisch im Grünen Baum in Wellendingen wird angeregt die Frage diskutiert, was man denn unter Ökumene zu verstehen habe.
Der Blechle-Josef erklärt es seinen Stammtischbrüdern ganz profan: „Also, Ökumene isch, wenn Du Dir vo'ma Lutherischa a Viertele zahla läscht!"

❖

Ein evangelischer und ein katholischer Pfarrer streiten sich in Glaubensfragen. Schließlich sagt der katholische Geistliche: „Wissat se was, Herr Kollege, jetzt hörat mr auf mit dem streita, schließlich dienat mir ja boide onserm Herrgott – Sie auf Ihre ond i auf seine Weise!"

❖

Zwei evangelische Pfarrer treffen sich bei einer Fortbildung und unterhalten sich über ihre halbwüchsigen Töchter.
Sagt der eine: „Mei Tochter erzählt mir gar nix meh. Des macht mi völlig fertig!"
Sagt der andere: „Sei froh! Mei Tochter erzählt mir älles. I bin mit de Nerve völlig am Boda!"

❖

Der Personalrefernt zum Diakon: „Wo mechtat Sia denn gern ei'gsetzt werda?"
„I möchte am liebschta persönlicher Berater beim Bischof werda!"
„Send Sie verrückt?"
„Wieso – isch des Bedingong?"

❖

Der Pfarrer gibt einem Paar Brautunterricht, und kommt mit dem nichtkatholischen Bräutigam in ein reges Gespräch. Beim Abschied sagt dieser: „Hochwürden, nach dr Trauung sind Sie natürlich herzlich zum Hochzeitsessa ei'glada. Brengat Se no au Ihra Frau mit!"
„Das wird net ganga" erwidert der Geistliche, „mir hend doch da Zölibat!"
„Scho reacht", sagt der Bräutigam, „no brengat Se den kleina Zölibat ruhig au mit!"

Nach dem Konfirmationsgottesdienst seiner Schwester wird der kleine Michael von seinem Onkel Thomas gefragt, ob er denn schon wisse, was eine Predigt ist.
„Ha nadierlich, Onkel Thomas, a Predigt isch, wenn dr Pfarrer vom Balkon ra'schempft!"

Auf dem Petersplatz in Rom trifft der Karl-Eugen einen alten Bekannten aus Hechingen. Es ist der Jürgen, der schon seit seiner Kindheit stottert. „Ja sag amol, was machsch'n Du do en Rom?“, will der Karl-Eugen wissen.
„I ha... ha... han mi... mi... mi bew... bewo... beworba!", stottert der Jürgen.
"Ja als was hosch Di denn beworba?", will Karl-Eugen neugierig wissen.
„A... a... als Sprrrr... als Sprr., als Sprecher b... bei R... Radio Vati.. Vatikan!“
„Wa? Du als Sprecher beim Radio Vatikan? Ja hend se Di gnomma?“
„Ha n... n... noi. Eba n... n... net. I b.. ben d... d... doch ev.. evangelisch!"

In Empfingen begegnet dem Pfarrer auf der Straße ein ortsbekannter Trunkenbold und Querulant. Dieser fragt den Pfarrer: „Saget se mol, Hochwürden, was isch eigentlich Ischias?“

Der Geistliche denkt „Ha, der hot Ischias, dem werd i jetzt amol d'Höll heißmacha“

„Ischias, des isch a ganz schlemme Krankheit“, erklärt der Pfarrer, „des kriagat bloß Leut, wo gottsläschterlich saufat ond emmer zu fremde Weiber gangat. Wemmr dodrmit net aufhört, no nemmt's a ganz schnells ond fürchterlich quallvoll's End!“

„Was Sia net sagat“, wundert sich der Trunkenbold, „geschtern han i nämlich en dr Hohenzollerischa Landeszeitong gleasa, dass onser Herr Bischof an Ischias erkrankt sei ond deshalb net d'Firmung abnehma ka!“

Der päbstliche Nuntius ist zu Besuch in Rottenburg. Nach einem feierlichen Empfang begibt sich der Nuntius im vollen Ornat vom bischöflichen Palais zum St. Martinsdom. Sein aus Rottenburg stammender Secretearius begleitet ihn. Auf ihrem Weg kommen sie an einem Zecher vorbei, der gerade sein Wasser an der Mauer des Domes abschlägt.

„So a Sauerei!", entrüstet sich der Secretearius.

„Regat Se sich bloß net auf", sagt der Zecher. „Wer isch eigentlich der Kerle mit dem scheena Fasnetshäs neba ihne?"

„Des isch dr päbschtliche Nuntius!", sagt der Secretearius mit hochrotem Kopf.

„Was regat Sie sich so auf? Do isch doch kaum a Onterschied. Des isch dr päbschtliche Nuntius ond i bin a nächtlicher Brunzius!"

Ein Pfarrer kommt in eine Familie, um eine Haustaufe vorzunehmen. Die Hausfrau nimmt ihn beiseite, überreicht ihm eine silberne Schale: „Dui isch fir's Taufwasser. Aber fanget Se glei a, ich brauch dui Schal' no zum Kaffee fir d' Schlagsahne!"

❖

Ein sehr frommer schwäbischer Pfarrer war zur Kur in Bad Buchau. Nach seinen Behandlungen pflegte er ausgedehnte Spaziergänge in die moorige Landschaft zu machen. Doch einmal hat er nicht aufgepasst, ist in ein Moorloch getreten und begann ganz langsam zu versinken. Nach einigen Stoßgebeten rief er laut um Hilfe: „Oh liebr Herrgott, hilf mir ond lass mi net versinka." Sein Schreien wurde erhört und die Feuerwehr trat an, ihn aus seinem feuchten Gefängnis zu befreien. Doch diese Hilfe lehnte er zwei Mal brüsk ab: „Gangat wieder, mein Herrgott wird mir scho helfa“. Doch der Pfarrer sank weiter im Moor ein. Flehend schrie ihn der Feuerwehrkommandant an: „Hochwürden, wenn Se jetzt net zugreifat, no versaufat Se em Moorloch.“ „Geh nur, mein Sohn, mein Herrgott wird mir scho helfa“, sprach's und versank vollends im Moor. Als er dann im Himmel ankommt, verlangt er sofort zum Chef vorgelassen zu werden. Als er vor den großen Thron tritt, giftet er den Herrgott an: „I war so a frommer Mensch, han mei Leba lang nix bös doa ond älle Leut bloß g'holfa ond i han so arg an dich glaubt, lieber Gott. Warom hosch Du mi net erhört, ond mi so elendiglich versaufa lassa?“ Darauf kann der Herrgott – der ja bekanntlich auch Schwabe ist - nur sagen: „Mei Lieberle, meh wia drei Mol d'Fuierwehr schicka ka i au it!“

Der Bischof kommt zur Visitation eines Landgeistlichen. Bei einem Rundgang durch das Haus stellt der Bischof fest, dass der Geistliche ein Doppelbett hat, das in der Mitte durch ein rund 30 Zentimeter hohes Brett geteilt ist. Hochwürden erklärt: „Wisst se Herr Bischof, i schlof rechts, ond mei Hausere schloft links." „Aber sagen Sie, Hochwürden, was tun Sie denn, wenn die Versuchung über Sie kommt?" „Ha des isch ganz oifach", erklärt der Dorfpfarrer, „no nemmat mr 's Brett weg!"

❖

„Du, dr Pabscht isch g'storba!"
„Ja, worom denn net, wemmr sich beruflich verbessra ka!"

❖

Kurz vor seinem Tod verfügt ein alter Schwabe, dass seine drei Söhne ihm jeweils 100 Euro mit ins Grab geben sollen. Als der Tag des Begräbnisses gekommen war, legt der erste widerwillig einen Hunderteuroschein auf den Sarg. Sein Bruder tut es ihm gleich. Der dritte stellt einen Scheck über dreihundert Euro aus und steckt die zwei Hunderter ein.

Evangelische ond echte Pfarrer

Im Zeichen der Ökumene haben sich der evangelische und der katholische Pfarrer einer schwäbischen Kleinstadt angefreundet. Als der katholische Geistliche eines Tages zur Kur fahren will, aber vom bischöflichen Ordinariat keinen Ersatz bekommt, klagt er seinem evangelischen Bruder sein Leid.

„Woisch was?", sagt der, „gang Du no, no halt i halt die Mess, des wird i schau nakriaga. „'s oinzige, was i net ka, isch des mit dr Beicht'".

„Des isch ganz oifach. Du hocksch en den Beichtstuahl nei ond läsch Dr vrzehla, was dia Leut so gsündigt hend. I mach Dir a Lischte mit de Vergeha on de zugehörige Bußa. Des saisch no zu de Leit on läsch se ganga".

Gesagt, getan. Die erste Messe meistert der protestantische Geistliche mit Bravour und begibt sich anschließend in den Beichtstuhl. Der erste Besucher beichtet: „Ich habe unkeusche Gedanken gehabt". Der evangelische Pfarrer schaut auf der Liste und findet bei „Unkeusche Gedanken“ als Buße drei Vaterunser. Der nächste beichtet einen Seitensprung mit seiner Nachbarin. Unter „Seitensprung“ findet der Pfarrer drei Vaterunser und ein „Gegrüßet seist Du Maria“. Der dritte Beichtstuhlbesucher schließlich beichtet den Analverkehr. Nachdem auf seiner Liste dieser Begriff nicht zu finden ist, sucht der evangelische Pfarrer verzweifelt nach einer Lösung. In diesem Moment geht gerade der Oberministrant am Beichtstuhl vorbei. Schnell flüstert der Pfarrer dem Jungen zu: He, Du, was gibt'n dr Chef bei Analverkehr?“ Darauf der Ministrant: „Meischtens a Mars oder a Tafel Schok'lad!“

Nach durchzechter Nacht betritt ein Betrunkener die katholische Kirche einer oberschwäbischen Kleinstadt. Er schwankt und stolpert in den Beichtstuhl, sagt aber nichts. Der Pfarrer auf der anderen Seite wartet, dass der Mann die Beichte ablegt, der aber schweigt weiter. Der Pfarrer hustet diskret, aber noch immer kommt keine Antwort von der anderen Seite. Nach einer ganzen Weile fragt der Pfarrer leicht genervt: „Kann ich Dir helfen, mein Sohn?“ Der Betrunkene lallt: „Nadierlich, gibt's auf Deiner Seite vielleicht Papier?“

❖

„Oh, Herr Pfarrer, mei Sohn wird amol nex reachts! I glaub, i werd en Theologie studiera lasse missa.“

Ein katholischer Geistlicher hat eine jüngere Haushälterin eingestellt, und die in Ehren gealterte Vorgängerin lebt weiterhin im Pfarrhaushalt. Eines Tages löst sich ein Knopf am Hosenladen seiner Sonntagshose, kurz bevor er zur Messe in die Kirche muss. Der jüngeren Haushälterin will er nicht zumuten, den Knopf anzunähen, während er die Hose anhat. Deshalb bittet er die Alte, den Knopf wieder anzunähen. Während sie näht, regt sich hinter dem Hosentürle das Leben. Der alten Haushälterin bleibt das nicht verborgen und sie sagt deshalb zum Pfarrer: „Oh, Hochwürden, er kennt mi no!“

❖

Zwei alte Prälaten machen Urlaub an der Nordsee. Bei einem ihrer ausgedehnten Spaziergänge kommen sie an einem Bretterzaun

vorbei, an dem ein Schild angebracht ist: „FKK. Betreten verboten". Fragend sehen sie sich an. „Woisch Du, was des hoißt?"
„Noi, koi Ahnung. Lass ons amol gucka!"
Gesagt, getan. Er macht seinem Kollegen eine Lausbubenleiter. Dieser hangelt sich stöhnend an dem Zaun hoch, sieht hinüber und ruft entsetzt: „Om Gotteswilla, do hot's lauter nackte Leut!"
„Männer ond Fraua?"
„Des woiß doch i net. Die hon jo schließlich koine Kloidr a!"

❖

Ein Rabbi und ein schwäbischer katholischer Geistlicher sitzen auf der Fahrt von Friedrichshafen nach Ulm im Zug gegenüber. Sie kommen miteinander ins Gespräch.
„Sie sind ein armer Mensch", sagt der Rab-

bi. „Sie müssen leben im Zölibat und dürfen nichts mit Frauen haben. Oder dürfen Sie?“

„Noi, unter koine Omständ!“ bestätigt der Geistliche.

„No, sagen se ehrlich. Haben Sie noch nie was gehabt mit de Frauen?“, bohrt der Rabbi weiter.

„Doch, oimol“, gibt Hochwürden zu, „aber des war no vor em Seminar. Aber Sie dürfat jo au so manches net, zum Beispiel Schweinefloisch essa. Oder dürfat Sia?“

„Nein, unter keinen Umständen“, bestätigt der Rabbi die Annahme.

„Send Se doch ehrlich, hend Se net scho amol a Stückle probiert?“, will der Geistliche wissen.

„No ja, wenn ich erlich bin, ja. Aber nur e kleine Stickele vom Schinken!“, gibt der Rabbi zu.

„Ond, war's guad?“, fragt der Pfarrer.

„Wenn ich ehrlich bin, schon“, bestätigt der Rabbi.
„Sehat Se: Sia müssat auf da guade Schinka verzichta, ond i auf d’Fraua!“
Da hebt der Rabbi die Hände zum Himmel und sagt: „Ich bitte Sie, Herr Pfarrer, sagen Sie selbst: is das a Vergleich?“

❖

Ein Protestant und ein Katholik brüsten sich mit ihrer geistlichen Verwandtschaft. „Mei Graußvaddr war Superintendent“, sagt der Protestant, „ond älle hend Hochwürden zu ihm gsait!“
„Was soll do dra so toll sei“, entgegnet der Katholik, „mein Onkel isch Kardinal, ond älle sagat Eminenz zu ihm.“
„Was heißt schon Eminenz?“, entgegnet der Protestant. „Mei Onkel isch so hässlich; wenn

der zu Bsuach kommt, sagat älle bloß: Lieb-ar Gott!“

Bei einer Hochzeit im württembergischen Schwarzwald ist der katholische Geistliche und ein befreundeter Rabbiner zum Hochzeitsschmaus eingeladen. Die Bedienung trägt einen herrlichen Schweinebraten auf und der katholische Pfarrer kann nicht umhin, den Rabbi zu trätzen: „Wann kann i des endlich amol erleba, dass Sie so guade Köschtlichkeita genießa dürfat?“
Da entgegnet der Rabbi: „Bei Ihrer Hochzeit, Hochwürden!“

Der junge Vikar in Markgröningen hat Lampenfieber vor seiner ersten Predigt. Er fragt den Stadtapotheker, was er dagegen tun könne. Der rät ihm, vor dem Spiegel zu üben und vorher zur Beruhigung einen Schnaps zu trinken, und das immer dann, wenn das Lampenfieber zu stark wird. Nachdem der Vikarfrischling ca. 12 Mal gefiebert hat, besteigt er die Kanzel.

Nach seiner Premiere-Predigt fragt er den Apotheker, wie ihm die Predigt gefallen habe. „Also wisst Se Herr Vikar, des war gar et schlecht. Sie hend bloß neun kleine Fehler en dr Predigt g'het: Erschtens hot d'Eva den Adam net mit dr Zwetschg' verführt, sondern mit ama Äpfel. Zwoitens hot dr Kain da Abel net erschossa, sondern erschlaga!

Drittens hoißt des net Berghotel, sondrn Bergpredigt! Viertens isch dr Jesus net uf dr Kreuzung überfahra, sondern ans Kreuz g'schlaga worda. Femftens war des net dr warmherzige Bernhardiner, sondrn dr barmherzige Samariter. Sechstens hoißt's: ..und führe mich nicht in Versuchung“ ond net „suche mich en dr Unterführung“. Siebtens hoißt des net „em Hammel sei Ding“ sondrn „em Himmel sei Dank“! Achtens hoißt des net „Jesus meine Kuh frisst nicht“, sondern „Jesus meine Zuversicht“. Ond zum Schluss von ra Predicht sait ma net „Proscht!“, sondern „Amen!“. Aber sonscht war's recht guad!“

❖

Der Bischof kommt zum oberschwäbischen Dorfpfarrer zur Visitation. Nachdem beide die Kirchenbücher miteinander durchgegangen sind, möchte seine Eminenz gerne die Räumlichkeiten des Pfarrhauses sehen. Der Dorfgeistliche führt ihn durch das Pfarrhaus. Das ist jedoch sehr spartanisch eingerichtet. In der Wohnstube fehlt der Tisch. Als der

Bischof das bemerkt, fragt er den Pfarrer: „Aber Hochwürden, Sie haben ja gar keinen Tisch. Was machen Sie denn, wenn Sie essen wollen?“ „Des isch ganz oifach“, entgegnet Hochwürden, „dann knuilet mei Hausere vor mi na, ond no kann i auf ihrem Buggl essa.“ Das leuchtet dem Bischof ein.
Als sie das Schlafzimmer betreten, kann der Bischof nirgendwo ein Bett entdecken. „Aber Hochwürden, Sie haben ja gar kein Bett. Was machen Sie denn, wenn Sie die Müdigkeit überfällt?“ Daraufhin der Dorfgeistliche: „Ha, no dreh i oifach mein Tisch om!“

❖

Ein altes Fräulein, hoch in den Achtzigern, liegt im Sterben. Der Pfarrer besucht sie und fragt, ob sie denn nicht noch einen unerfüllten Wunsch habe, den sie, bevor es zu Ende

geht, erfüllt haben möchte.
„Jo“, erwidert das alte Fräulein, „i mecht gern no amol so richtig g'herzt ond druckt werda. Sie, Herr Pfarrer, des isch mir glatt hondert Mark wert!“ Diesen letzten Dienst kann der Pfarrer nicht selbst übernehmen, so geht er zum Haus hinaus und überlegt, wenn er dafür gewinnen könnte. Just in diesem Augenblick kommt der Schmied vorbei. Diesem erläutert er den Wunsch des alten Fräuleins. Der Schmied denkt bei sich: „Die hondert Mark send leicht verdient“, und macht sich auf zum Haus des alten Fräuleins. Als der Pfarrer am nächsten Tag nach dem Rechten sehen will, findet er den Schmied alleine im Bett des alten Fräuleins. „Ja, Schmied, sag amol, wo isch denn des alte Frailein?“ Darauf der Schmied selbstbewusst: „Ha die isch auf d' Bank, nomol femfhondert Mark hola!“

Der alte Pfarrer hat anlässlich der Trauerfeier für den verstorbenen Karle wieder eine volle Dorfkirche. Er prangert den mangelnden Kirchenbesuch an und wendet sich an den aufgebahrten Sarg. „Karle, du warst bei allen sehr beliebt, doch bist du leider nie bei mir in der Kirche gewesen". Da tönt eine Stimme aus der Trauergemeinde: „Der wär ao jetzt net do, wemmern ed zo segsd do raigschloift heddad!"

❖

Drei Pfarrer am Himmelstor. Sagt Petrus: „Nur weil ihr Pfarrer seid, kann ich euch nicht einfach so 'reinlassen. Nennt mir erst eure begangenen Sünden."

Der erste Pfarrer: „Na ja, i hab mei Haushälterin durchs Schlüsselloch beim a'zieha beobachtet." Petrus: „O.k., komm rein!"

Der Zweite: „I hab meinere Putzfrau an dr Busa ond an dr Arsch na'glangt."
Petrus: „Na ja, komm rein."
Der Dritte: „I hab beim ALDI oinera A'gschtellta, dia auf dr Loiter gschtanda isch, onder dr Rock naguckt, ond weil se koi Hösle aghet hot, hab i se dort amol gschtreichelt."
Petrus: „Tut mit leid, in dem Fall können wir dich hier nicht reinlassen."
Der dritte: „Des hab i mir scho denkt, beim ALDI lasset se me au nemme nei..."

❖

Echte ond falsche Heilige

Zwei Pfarrer unterhalten sich. Der eine: „I woiß au net, warom dr Papscht so streng am Zölibat feschthält?"
Der andere: „Was bleibt denn dem no übrig? Den nemmt doch koine meh!"

❖

Schon seit zwei Jahren wartet das junge Buchauer Ehepaar vergebens auf Nachwuchs. In ihrer Not vertrauen sie sich einem jungen Kaplan an, der ihnen rät, auf den Bussen, den heiligen Berg der Oberschwaben, zu pilgern und der Heiligen Jungfrau Maria eine Kerze zu opfern. Gesagt getan. Die beiden pilgern auf den Bussen und zünden eine Opferkerze an. Schon kurz danach stellt sich der erwünschte Kindersegen endlich ein.
Der Kaplan wird zwischenzeitlich in eine andere Stadt versetzt. Als er nach Jahren wie-

der einmal nach Buchau kommt, macht er einen Besuch bei dem Ehepaar. Er klingelt und eine Schar von acht Kindern öffnet ihm die Tür. Er fragt: „Ja Kender, send denn eire Eltra it do?"
„Noi!", sagt der Älteste, „dia send auf da Bussa pilgret zom dui Kerz ausblosa."

❖

Der Müllers Karle, ein evangelischer Altwürttemberger, ist mit seiner Familie nach Paris gefahren, um die schöne Stadt der Liebe zu besuchen. Im Louvre betrachet er ein von Rembrandt gemaltes großes Bild mit dem Titel „Die Heilige Familie auf der Flucht".
„Do siesch's amol wieder", proletet der Karle zu seiner Frau, „Flüchtleng! Hend nix am Ranza, aber lasset sich vom Rembrandt mola!"

Ein katholischer Pfarrer predigt hinreißend über den Ehestand. Nach der Messe treffen sich die Bauern zum Stammtisch im Adler.
„Schö hot'r g'sprocha, dr Herr Pfarr!“, sagt der Benedikt.
„Jo, do hosch reacht“ bestätigt ihn der Fraanz, „i wött, i verstand au so wenig von dera Sach wia er.“

❖

Axel hat seiner Monika versprochen, sie in der Hochzeitsnacht mit jedem Glockenschlag des nahe gelegenen Kirchturms zu lieben. Zunächst hält er auch tapfer durch. Nachdem er aber sechs Mal zu seinem Wort gestanden ist, schwinden ihm langsam die Kräfte. Er verlässt unter einem Vorwand das eheliche Schlafzimmer und springt geschwind zum Mesner: „Herr Mesner, wenn se's ab jetzt

bloß no älle zwoi Stond läuta lassat, no zahl i ehne 50 Euro“, versucht er den Mesner zu bestechen.
„Des goht leider net“, entgegnet der Mesner, „ihr Frau hot mir 100 Euro zahlt, damit i’s alle halbe Stond läuta lass!“

❖

In einem katholischen Kindergarten in Stuttgart-Hofen versammelt die Schwester die Kinder zum Stuhlkreis und fragt: „Was isch des? Es isch kloi, braun ond hot an buschiga Schwanz?“
Da meldet sich der Phillip: „Normalerweis isch des a Eichhörnle, aber so, wia i den Lada dohanne kenn, isch es bestimmt des liebe Jesulein!“

❖

„Fritz, woisch Du eigentlich wer die erschte Fußballmannschaft war?“, fragt der Eugen seinen Stammtischbruder, der energisch unwissend den Kopf schüttelt und brummt: „Ha a.“

„Des war dr Jesus ond seine Jünger. En dr Bibel stoht gschrieba: „Jesus stand im Tor von Nazareth und seine Jünger standen abseits! – Ond woisch au, wie mr em Jesus seine Fußballschuah ghoißa hot?“, führt der Eugen die Fragerei fort. Abermals schüttelt Fritz den Kopf. „Ha, Chrischtstolla halt!“, lacht der Eugen.

❖

Der Pfarrer möchte seinen Schülern anschaulich erklären, was ein Wunder ist. „Stellat Euch amol vor, an Dachdecker fällt vom ma 10 Meter hoha Dach ond bleibt unvrletzt! Wie ka mr so ebbes nenna?“

Meldet sich Jaqueline: „Des isch an O'fall!" „Guad, aber stell Dir amol vor, er fällt dreißg Meter vom Dach ra, ond's passiert em nix! Wasch no des?", will der Pfarrer wissen. „Des isch a Mordsglück!" „Noi,net Glück. Stell Dir halt vor, er fällt fuchzg Meter voma Dach ra ond bleibt o'verletzt. Was no des?" „Herr Pfarr', des isch no scho Gwohnheit!"

❖

Der Herrgott saß auf dem Feldberg und schnitzte Schwaben – und alles was nix wurde – zack über die linke Schulter nach hinten in den Titisee geworfen. Alle Fehlversuche sind also baden gegangen.
So sind die Badener entstanden.

❖

Pabscht, Pater ond Pinguin

„Woasch Dau eigentlich, wie sich Mönch' ond Nonne vermehret?" möchte der Lude aus Frittlingen beim Stammtisch wissen. Der Sunnefranz hat die Antwort parat: „Descht doch klar – durch Zell-Teilung!"

❖

Drei in aller Ehren ergraute Nonnen unterhalten sich über die Gebrechen des Alters.
Die Erste: „I bin jetzt schau sechzge ond hör no alles. Hoffentlich bleibt des no lang so!"
Die Zweite: „Ja ond i bin jetzt schau siebzge ond han no älle Zäh', hoffentlich bleibt des no lang so!"
Die Dritte: „I bin jetzt scho achtzge ond no Jungfrau. Hoffentlich bleibt des no lang so!"

❖

Bei einer Halben sitzen der Eberhard und der Ulrich beisammen. Fragt Eberhardt, der gerade aus dem Italienurlaub zurückgekommen ist: „Woasch Du, morom dr Pabscht noch jedem Flug da Boda küsst?“
„Noa“, anwortet der Ulrich.
„Des woaßt bloß oaner,, wo scho mol mit dr Alitalia gfloga ischt!“

❖

Schwäbischer Nüchternheitstest:
„Dr Pabscht hot's Schbätzlesbeschteck zschbät bschdellt!“

❖

Eine Klosterfrau geht mit einem Kinderwagen spazieren. Da begegnet ihr ein Schulkamerad aus den Jugendtagen. Ketzerisch fragt er sie:

„Aha, des isch wohl a Kloschtergeheimnis?“ Darauf die Nonne gelassen: „Noi, eher an Kardinalsfehler!“

❖

Der junge Pater aus dem idyllisch im jungen Donautal gelegenen Kloster Beuron hält aushilfsweise in einem benachbarten Ort die Messe. Er geht ans Mikrofon, klopft mit dem Finger drauf, hört nichts und sagt; „I glaub, mit dem Mikrofon stimmt ebbes net!“.
Darauf antwortet die Gemeinde: „Und mit Deinem Geiste!“.

❖

Im oberschwäbischen Kloster Obermarchtal kommt Schwester Bonifatia ganz aufgeregt

zur Oberin: „Ehrwürdige Mutter, in onserer Klausur muss an Ma sei!“
„Wie kommat sie denn do drauf?“, fragt die Oberin in aller Seelenruhe.
„Im Clo isch die Brille hoch’klappt!“

❖

In einem geistlichen Gespräch versucht der weltoffene Abt dem Novizen den Unterschied zwischen Philosophie, Politik und Religion zu vermitteln.
„Waisch Du“, beginnt er andächtig, „Philosophie isch, wenn ebber versucht, ema dunkla Raum a schwarze Katz zom fangen. Religion isch, wenn ebber versucht, ema dunkla Raum a schwarze Katz zom fanga, die gar net do isch.
„Ja ond was isch no Politik?“ will der Novize eifrig wissen.

Gerne gibt der Abt Auskunft: „Politik isch, wenn ebber versucht ema dunkla Raum a schwarze Katz zom fanga, die gar net do isch, und schreit: I hab se!"

❖

Ein schwäbischer Dominikaner irrt ziellos durch die afrikanische Wüste. Plötzlich sieht er zwei Löwen auf sich zurennen. In Panik lässt er sich auf seine Knie fallen und schickt ein Stoßgebet in den Himmel: „Liebr Vater, gib dene boide Löwa chrischtliche Gedanka." Daraufhin stoppen die Löwen, falten die vorderen Tatzen und der Dominikaner hört sie beten: „Komm Herr Jesu, sei unser Gast, und segne, was Du uns bescheret hast!"

❖

„Kennsch Du da Ondrschied zwischa Penicillin on ama Franziskaner?, fragt der Obermüller Hans den Hülabauer. „Noa!“, entgegnet dieser. „Ha des isch doch ganz oafach: Penicillin isch a Heilserom, ond a Franziskaner hot a Seil herom!“

❖

Der Papst unterhält sich mit einem Bischof:
– „Mein Sohn, eine solch hübsche Haushälterin und ein Doppelbett? Wie passt denn das zusammen? Was tust Du, mein Sohn, wenn Dich die Fleischeslust einmal überfällt?“
„Des isch doch ganz oifach – i schrei meim Hond ond no gang i a paar Schtond mit dem spaziera, bis des G'fühl wieder aufhört“.
„Und was tut Deine Haushälterin, wenn SIE die Fleischeslust überfällt?“, will der Papst wissen.

„Ha, dann isch sia dra, mit dem Hond auf'd Gass zom ganga.“, erläutert der Bischof.
„Und wenn Euch beide einmal gleichzeitig die Fleischeslust heimsucht?“, lässt der Papst nicht locker.
„Au do dra hemm'r denkt, heiliger Vatter. Mittlerweile kennt dr Hond dr Weg von ganz alloi.“

❖

In einer Klosterschule betritt der Katechet die Klasse. „So, heut setzat mir den Aufklärongsonderricht fort!“
Sofort meldet sich der Klassensprecher: „Dirfet dia, wo scho ebbes mit de Mädla hend, drweil Fuaßball spiela?“

❖

„Du, dr Pabscht isch g'storba!"
„Ja, worom denn net, wemmr sich beruflich verbessra ka!"

❖

Zum Festtag hat die alte Bäuerin einen besonders guten Rührkuchen gebacken. Gerade mit Eiern hat sie nicht gespart, und statt normalerweise drei Eiern hat sie sechs verwendet. Auf dem Weg vom Backhaus nach Hause stellt sie den Kuchen zum Auskühlen auf die Friedhofsmauer und rastet selbst ein bisschen auf der Bank. Beim Aufstehen stößt sie versehentlich an das Kuchenblech und der gute Kuchen rutscht über die Mauer auf den Friedhof. Vom plötzlichen Kuchenverlust übermannt, jammert und weint sie: „Oh jeh, er war doch so schee ond so frisch!". Der Pfarrer, der gerade zufällig vorbei kommt, versucht die alte Bäuerin zu trösten. „Aber

Mütterle, dort liegen viele, die noch jung waren."
„Jo, Herr Pfarrer, des scho, aber koiner mit sechs Oier!"

❖

Der Vikar fragt den kleinen Torsten: „Ond?, Hasch Du au en guade Vorsatz fir d' Faschtazeit?"
„Jo", antwortet der, „mei Hond kriegt bis Auschtra koi Wurscht meh!

Wulf Wager's schwäbische Witzbücher

Trinksprüche aus Württemberg – Deftig schwäbisch,
ISBN 3-87181-472-5

Schwäbische Wirtshauswitz 1,
ISBN 3-87181-471-7

Schwäbische Wirtshauswitz 2,
ISBN 3-87181-479-2

Schwäbische MusikantenWitz',
ISBN 3-87181-581-0

Fasnetssprüch, ISBN 3-87181-492-X

DRW-Verlag

Die kleine DRW-Reihe

Götz Schwäble
Ebbes zom Lacha, Band 1
ISBN 3-87181-254-4
Ebbes zom Lacha, Band 2
ISBN 3-87181-272-2
Ebbes zom Lacha, Band 3
ISBN 3-87181-287-0
Ebbes zom Lacha, Band 4
ISBN 3-87181-406-7
Ebbes zom Lacha, Band 5
ISBN 3-87181-460-1

Herbert Huber
Schmunzeln bremst Runzeln, Band 1,
ISBN 3-87181-368-0
Schmunzeln bremst Runzeln, Band 2,
ISBN 3-87181-450-4

Wolfgang Brenneisen/Peter Ruge
G'schimpft und g'lacht

...über's Geld,
ISBN 3-87181-466-0
...über d'Verwandtschaft,
ISBN 3-87181-400-8
...über d'Kehrwoch',
ISBN 3-87181-490-3
...über's Heiligs-Blechle,
ISBN 3-87181-533-0
...über's d' Nochbor,
ISBN 3-87181-002-9

DRW-Verlag